Dominique et compagnie

Sous la direction de

Agnès Huguet

Christiane Duchesne

Jomusch et le trésor de Mathias

Illustrations

Josée Masse

Catalogage avant publication de Bibliothèque et Archives Canada

Duchesne, Christiane, 1949-
Jomusch et le trésor de Mathias
(Roman vert; 16)
Pour enfants de 8 ans et plus.

ISBN 2-89512-469-8
I. Masse, Josée. II. Titre.

PS8557.U265J662 2005 jC843'.54 C2004-942152-2
PS9557.U265J662 2005

Dépôts légaux : 3e trimestre 2005
Bibliothèque nationale du Québec
Bibliothèque nationale du Canada
Bibliothèque nationale de France

ISBN 2-89512-469-8
Imprimé au Canada

10 9 8 7 6 5 4 3 2 1

Direction de la collection
et direction artistique :
Agnès Huguet
Conception graphique :
Primeau & Barey
Révision-correction :
Céline Vangheluwe

Dominique et compagnie
300, rue Arran
Saint-Lambert (Québec)
J4R 1K5 Canada
Téléphone : (514) 875-0327
Télécopieur : (450) 672-5448
Courriel :
dominiqueetcie@editionsheritage.com
Site Internet :
www.dominiqueetcompagnie.com

Nous remercions le Conseil des Arts du Canada de l'aide accordée à notre programme de publication. Nous reconnaissons l'aide financière du gouvernement du Canada par l'entremise du Programme d'aide au développement de l'industrie de l'édition (PADIÉ) pour nos activités d'édition.

Nous reconnaissons l'aide financière du gouvernement du Québec par l'entremise du Programme de crédit d'impôt pour l'édition de livres–SODEC–et du Programme d'aide aux entreprises du livre et de l'édition spécialisée.

Pour permettre au lecteur de s'y retrouver au fil des nombreuses aventures du commissaire Jomusch…

La famille Jomusch-Barti :

- *François Jomusch,* jeune commissaire de police, spécialiste des réseaux de faussaires
- *Rose Barti,* pianiste, compagne de Jomusch
- *Mathias,* fils de Jomusch et de Rose
- *Joseph,* chien de Jomusch et de Rose, nommé ainsi en l'honneur de monsieur Volpi

Les proches de la famille Jomusch-Barti :

- *Fred,* vieil ami d'enfance de monsieur Volpi

† *Monsieur Joseph Volpi,* grand-oncle de Rose, ancien propriétaire de la maison qu'habitent Jomusch et Rose

† *Madame Violette Volpi,* née Tournelle, grand-tante de Rose

- *Jeanne Barti,* née Tournelle, sœur jumelle de madame Volpi et grand-mère de Rose

† *Albert,* chien de monsieur Volpi

Les gens du village :

- *Barbarie,* amie d'enfance de Fred et de monsieur Volpi, a perdu ses esprits après un accident
- *Madame Émérentienne,* gentille commère du village, propriétaire de la chienne qui a donné naissance à Joseph le chien
- *Maurice,* propriétaire du magasin général
- *Oscar,* garagiste
- *Madame Billet,* pharmacienne

Les collègues du commissaire Jomusch :

- *Jonas Juillet,* dit Jo, collaborateur de Jomusch
- *Brelli,* chef de gendarmerie à Rome

Chapitre 1

À deux ans, Mathias adore poser ses doigts sur le clavier du piano de Rose. Mais ce qu'il aime encore plus, c'est creuser la terre du jardin et y faire des découvertes. Il possède un peu du talent de pianiste de sa maman, un peu du talent d'enquêteur de son papa. Mathias Barti-Jomusch ou Jomusch-Barti (on n'a pas encore choisi entre les deux noms) déracine délicatement les fleurs qu'il préfère, renifle l'odeur de leurs racines et les remet ensuite en terre. Il trouve des larves de hannetons, les écrase doucement entre ses doigts.

Il découvre des cailloux, les empile à côté de lui, plante tout autour de petits bouts de branches. Le jardin, pour Mathias, c'est un immense monde.

–Mathias, mon Mathias, murmure Rose en observant les petites mains toutes noires de son fils. Regarde bien, tu prends la pelle et tu creuses un trou. Avec la pelle. Tu vois? Avec la pelle, c'est mieux.

Dans les yeux rieurs de son fils, Rose lit la réponse : « C'est bien plus drôle avec les doigts ! » La jolie pelle rouge de Rose, Mathias s'en moque infiniment.

Il retourne au trou qu'il est en train de creuser patiemment, en sort un ver de terre bien gras et l'agite en riant sous le nez de sa maman.

–Ton vrai père ! s'exclame-t-elle. Lui, il fouille les dossiers, toi, tu fouilles la terre.

Tout à coup, Mathias change d'idée, laisse tomber son ver de terre et court vers la maison. Objectif : le piano. Il grimpe sur le banc et plaque ses deux petites mains bien noires sur les touches d'ivoire du piano de Rose. Un doigt après l'autre, il dessine une mélodie toute simple, trois notes, dans un sens puis dans l'autre, *do, ré, mi, mi, ré, do,* et encore et encore, et il chante, Mathias, heureux de jouer avec les sons.

–Ta vraie mère ! dit Rose en riant. Comme quoi, à deux, Jomusch et moi, nous avons fait un bon petit Mathias.

Patiente, Rose essuie un à un les doigts de son fils, lui explique que sur les touches du piano, il vaut mieux ne pas laisser de traces de terre. Le

jardin, c'est une chose, le piano, c'en est une autre. Elle pose un baiser sur chacun de ses petits doigts et reprend ensuite avec lui : *do, ré, mi, mi, ré, do.* Puis, tenant l'index de Mathias, elle lui fait jouer : *do, ré dièse, mi, mi, ré dièse, do.* « On vient de passer en mineur, c'est le même air, mais d'une autre couleur », explique-t-elle.

Il a compris : une touche blanche, une noire et hop, une autre blanche. C'est joli, en majeur ou en mineur.

Chapitre 2

–Encore ! s'écrie le commissaire en rentrant à la maison. Rose ! Mathias a encore fait un trou.

Rose éclate de rire.

–Il doit faire une enquête souterraine ? Il fouille, ton fils, il fouine, il cherche et il trouve.

–Qu'est-ce qu'il a trouvé aujourd'hui ?

–Un ver de terre d'au moins douze centimètres.

–C'est tout ? demande Jomusch.

–Un vieux clou rouillé aussi. Ça, j'aime moins. Que fait-on, François,

pour empêcher un enfant de creuser des trous dans la terre avec ses mains ? On lui a déjà expliqué, on lui a offert ma pelle rouge… Il va finir par se couper sur un vieux bout de métal ou sur un tesson de bouteille.

–Moi, je mangeais du sable quand j'avais son âge, avoue Jomusch en souriant.

–Aurions-nous un fils désobéissant ?

–Il est tout petit, Rose. Il va comprendre un jour.

–Quand ?

Il suffit que Rose ou Jomusch aient le dos tourné une minute pour que Mathias se livre à ses fouilles. Il sait bien qu'il se fera dire non. Mais il les trouve drôles, tous les deux, avec leurs mines effarées et leurs « non, non, Mathias ». Il a compris que s'il

veut vraiment attirer leur attention, il n'a qu'à se mettre à creuser un trou dans le jardin. Le jardin, c'est rempli de surprises.

Il est sage, Mathias, il dort beaucoup – « presque trop », se dit parfois Rose –, il mange de tout, il voyage bien, n'est jamais de mauvaise humeur ; mais voilà, il est curieux.

– Je préférerais cent fois qu'il fouille les armoires de cuisine, dit Rose.

– Ce qu'il aime, c'est la terre. Nous n'allons pas l'empêcher de devenir jardinier ?

– Oh ! Tout de même. Vas-tu me dire aussi que, si nous l'empêchons de creuser des trous, il ratera sa carrière d'égoutier ? Le pire, sais-tu ce que c'est, commissaire ?

Jomusch aime toujours, et autant qu'avant, que Rose l'appelle « com-

missaire ». Et si un jour, imitant sa maman, Mathias l'appelait aussi « commissaire » devant ses amis, quand il en aura ?

–Le pire ?

–Le pire, tu sauras, c'est que Joseph prend lui aussi un plaisir fou à creuser avec Mathias. Il n'est pas bête, ton fils. Il enterre les jouets de Joseph qui, aussitôt, remue la terre pour les retrouver. Ce n'est pourtant pas un terrier, ce chien !

–Et tu les laisses faire ?

–Un peu, avoue Rose, ils sont tellement drôles.

–Il dort déjà, le loulou ?

Rose fait oui de la tête en sortant du frigo une tarte aux poireaux, une laitue et des carottes râpées.

–Je fais la vinaigrette ? demande Jomusch.

Chapitre 3

Joseph le chien tourne autour de Mathias, qui agite la pelle rouge comme s'il voulait bien montrer qu'il ne creusera plus jamais de trous avec ses mains. « La pelle rouge, c'est tellement plus efficace », a-t-il l'air de dire en adressant à Rose un immense sourire.

« C'est fou, se dit Rose, comme il peut changer en une seule petite semaine. » Fini, les mains dans la terre et les trous n'importe où. Mathias a délimité son territoire, il dispose d'un grand carré de terre où Joseph et lui

peuvent s'amuser autant qu'ils le veulent.

Le téléphone sonne. Le temps que Rose coure dans la maison pour répondre, ne quittant pourtant pas Mathias des yeux, il brandit sa pelle et marche à grands pas vers le vieux rosier jaune.

Rose voudrait bien empêcher Mathias de s'attaquer au rosier, mais, au bout du fil, son imprésario lui parle avec enthousiasme d'une tournée de concerts qui aura lieu juste avant Noël. Rose aimerait lui demander de patienter, mais l'imprésario enchaîne les phrases les unes après les autres sans lui laisser le temps de placer un mot. Tant que Mathias ne fait pas de bêtises dangereuses et qu'il reste dans le champ de vision de Rose, ça peut aller.

Du coin de l'œil, Rose peut voir que Mathias ne fait pas de mal au rosier. Mais il tape avec un tel aplomb, on dirait qu'il frappe sur quelque chose... Joseph le chien se met de la partie et plonge le museau dans le trou que Mathias vient de commencer à creuser.

Pac, pac, pac, fait la pelle de Mathias.

Chapitre 4

Mathias pousse des cris de joie. Il a trouvé quelque chose, c'est sûr. Et ça n'a rien à voir avec un ver de terre. Pac, pac, pac, fait encore la pelle.

Rose accourt dès qu'elle a raccroché.

–Et alors, loulou ?

Il a fait une vraie découverte. Rose aperçoit le coin de… le coin de quoi ? Un coffret, une boîte ? Rose s'agenouille, demande à Mathias de lui prêter la pelle, mais de cela, il n'en est pas question. La pelle rouge, Mathias la garde. Pire, il s'assied sur

l'objet à demi enfoui, tenant le chien Joseph par le cou.

–Allez, Mathias, montre-moi...

Mathias fait non de la tête et sourit gentiment. Mais Joseph s'impatiente, il voudrait bien poursuivre la fouille. Il gratte furieusement avec ses pattes de devant, dégage le coin de ce qui se révèle être un coffre de métal.

–Un trésor, Mathias! s'écrie Rose, joyeuse.

Rose plonge ses mains dans la terre et dégage le coffret, enterré assez profondément devant le vieux rosier jaune. Elle fait bien attention aux racines, il ne faudrait pas perdre ce vieux rosier, même s'il ne donne plus que quelques fleurs.

Le cœur de Rose bat d'une étrange manière. Qu'est-ce qu'un coffret fait

ici, dans le jardin ? C'est une boîte de métal rouillé, qui a déjà été peinte en noir brillant. Une serrure, mais pas de clé.

Qu'est-ce qu'il peut bien y avoir là-dedans ? Des documents qui auraient appartenu à son grand-oncle Volpi ? Des papiers de famille ? Des photos ? Sûrement pas des bijoux, le coffret est trop léger. Rose est impatiente.

– Viens, Mathias, nous allons tâcher de l'ouvrir.

Mathias laisse là sa pelle et son trou, curieux lui aussi. Joseph trottine derrière eux jusqu'à l'atelier de monsieur Volpi.

Chapitre 5

Jomusch repousse la mèche noire qui lui tombe perpétuellement sur les yeux.

–Ne te fâche pas, commissaire ! lance Rose, un doigt dans la bouche.

–Et si tu t'étais ouvert la main, coupé un doigt, ou deux, tiens ! Fini, la carrière de pianiste de mademoiselle Rose Barti ! Tu te vois en pianiste à huit doigts ?

–François, c'est une toute petite coupure.

–Ça aurait pu être pire. Et ce n'est pas une chose à montrer à son fils !

On ne force pas un vieux coffre rouillé avec un tournevis.

–Comment se fait-il que tu rentres si tôt ? demande Rose.

–J'ai dû sentir le drame...

Jomusch sourit.

– Mais il est ouvert, ce coffre ! s'exclame-t-il.

–Si tu m'avais au moins laissé le temps de te le dire...

–Et qu'est-ce qu'il y a là-dedans ? demande le jeune commissaire avec un sourire d'enfant qui attend la surprise.

Rose soulève le couvercle. À l'intérieur du coffret, des papiers couverts de petits dessins maladroits, d'étranges dessins qu'on dirait faits par un enfant, mais pas vraiment. De faux dessins d'enfant ? Qu'est-ce que ça ferait dans un coffre enterré dans le jardin ?

–Il y a une histoire cachée là-dessous, murmure Jomusch.

–Une nouvelle enquête, commissaire ?

–Avec Mathias comme second !

Rose prend la main de Mathias, Jomusch porte le coffret, et tous les trois reviennent à la maison. Curieuse, Rose sort les dessins, les lisse du plat de la main sur la table de la cuisine.

–Regarde, au verso. C'est l'écriture de l'oncle Joseph.

Il n'en faut pas plus pour que Joseph le chien se manifeste, lui qui s'était endormi sur la terrasse. Chaque fois qu'on parle de monsieur Volpi en l'appelant par son prénom, Joseph le chien réagit.

–Tu connais l'écriture de Volpi ? demande Jomusch.

–Il m'écrivait souvent quand j'étais

petite, tu le sais bien. Et toi, tu la connais aussi ?

– Pas vraiment, la seule lettre que j'aie de lui a été écrite d'une main tremblotante.

Penchés sur les dessins, pendant que Mathias s'étend par terre le long

du chien Joseph, Rose et Jomusch s'appliquent à lire:

–*Le jour où les chevaux s'envolent, Le velours de l'île Bourbon, La moitié de la planète Mars, Le dedans des autres, Le petit cochon jaune, La maman de Joseph…*

– Ce sont les titres des dessins, fait remarquer Rose.

– Mais il y a quelque chose qui cloche ! s'exclame Jomusch. Ces dessins ressemblent à ceux d'un enfant de cinq ans, mais Volpi ne pouvait avoir, à cinq ans, l'écriture que tu as connue. Quand il a écrit ces titres, il ne pouvait pas dessiner d'une manière aussi malhabile. J'ai vu dans l'atelier des plans et des esquisses des meubles qu'il a faits. Il savait dessiner, ton grand-oncle Joseph, crois-moi, mademoiselle Barti !

– Alors ? demande Rose.

– Alors, je ne sais pas, dit Jomusch.

– En tout cas, ils sont jolis, les titres, souffle Rose.

– Et les dessins aussi, ajoute Jomusch. Mais pas de couleur, juste au crayon à mine.

– Tu nous fais un dessin, Mathias ? demande Rose.

Mais Mathias s'est endormi, le pouce dans la bouche, blotti contre Joseph qui fait semblant de dormir.

Chapitre 6

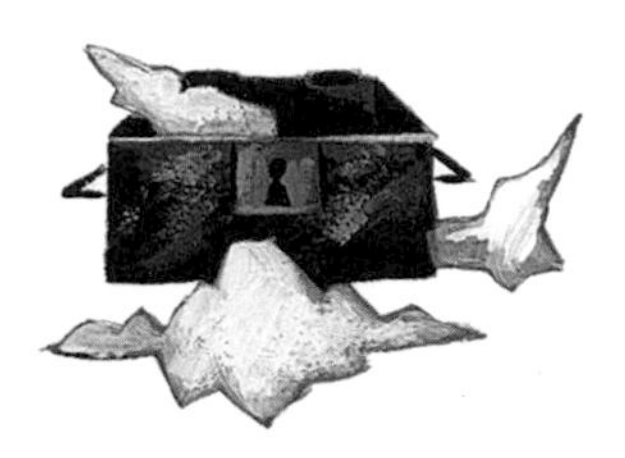

– Pourquoi, demande Jomusch à voix haute, en arpentant le salon et en tortillant sa mèche noire, pourquoi ce coffret a-t-il été enterré sous le vieux rosier jaune ?

– Au travail, commissaire ! dit Rose en souriant. Par où commence-t-on ?

– Par ta famille ! déclare Jomusch.

Rose lève sur lui un regard étonné.

– Ma famille ?

– Si nous considérons que ta grand-mère est la sœur de la défunte madame Volpi…

– François ! Ma grand-mère ne se

rappelle plus rien. Tu l'as vue, l'année dernière, en Italie ! C'est à peine si elle parle encore français. Et quand elle parle, elle confond tout.

– Ta mère alors ?

– Pourquoi est-ce que ma grand-mère saurait qu'il y avait un coffret enterré dans le jardin et pourquoi en aurait-elle parlé à ma mère ?

Jomusch s'arrête pile, au beau milieu du salon.

– On l'appelle !

– Et le décalage horaire, commissaire ! Il est onze heures du soir en Italie, elle dort. Je trouve que ta piste est bien mince.

– Toutes les pistes valent la peine d'être fouillées. Imagine que ta mère nous dise, demain matin : « Ah, mais oui, le coffret sous le vieux rosier jaune, attendez que je vous raconte. »

Rose ne répond pas. Devant l'assurance de Jomusch, elle préfère garder le silence, elle se dit qu'il arrive toujours à trouver, alors qu'elle, avec son esprit pratique, n'arriverait probablement à rien d'efficace. Il faut savoir chercher hors des sentiers battus, c'est ce que Jomusch s'applique à faire tous les jours, et il trouve.

Chapitre 7

Le lendemain, quand Mathias a bien déjeuné, il n'est encore que sept heures. Le soleil balaie la terrasse, la mer est belle, à peine quelques dentelles blanches à sa surface.

–Hop ! à nous l'Italie ! lance Jomusch en enfilant une chemise. J'appelle ta mère.

–Tout doux, commissaire. C'est ma mère, c'est moi qui l'appelle. Ce n'est pas une enquête comme les autres, nous la menons à deux.

Mathias, qui a de la suite dans les idées, réclame sa pelle rouge, prêt à

aller fouiller encore une fois le jardin. Si on fait une découverte un jour, pourquoi pas le lendemain ? Et il a très bien compris, le petit, que sa découverte était d'une grande importance.

–Allô, maman ? C'est Rose…

Jomusch n'a qu'une envie : écouter la conversation. Mais Mathias le réclame à grands cris joyeux, et c'est bien malgré lui qu'il suit son fils au jardin.

Mathias creuse sagement le secteur qui lui a été attribué. Jomusch plante de petites branches pour bien délimiter le territoire de Mathias, qui en est ravi.

Rose vient les rejoindre au bout d'un moment qui a semblé une éternité à Jomusch.

–Alors ? demande-t-il, tout sourire, impatient.

Rose le regarde, les yeux pétillants.

–Alors ? répète Jomusch.

–Alors, presque rien, mais tout de même…

–Quoi ?

Rose a bien envie de le faire languir.

–Je tiens quelque chose.

Jomusch ne dit rien, il sait bien que Rose le fait exprès, juste pour agacer son commissaire chéri.

–J'ai le nom du rosier.

–Ah oui ?

–Le nom du vieux rosier jaune, qui n'est pas vraiment jaune, d'ailleurs, comme me l'a fait remarquer ma mère, mais plutôt couleur de crème à la vanille.

Jomusch joue le jeu, se force à être patient. Pour une fois, c'est Rose qui mène l'enquête.

–Le nom du vieux rosier jaune, c'est « Velours de l'île Bourbon ».

Rose s'attend à ce que Jomusch pouffe de rire mais, au contraire, il fronce les sourcils.

–Tous les rosiers ont un nom. Maman a essayé de se souvenir de chacun d'eux, mais en vain. Par contre, celui-là, elle s'en souvient très bien,

parce que l'île Bourbon est l'ancien nom de l'île de la Réunion, d'où vient la vanille et que...

Jomusch prend Mathias dans ses bras et fait signe à Rose de le suivre.

Dans la maison, il fouille dans la pile de dessins jusqu'à ce qu'il trouve

celui qui s'intitule *Le velours de l'île Bourbon.* Rose se penche par-dessus son épaule, Mathias lui caresse les cheveux.

–Regarde, dit Jomusch.

La page est couverte de petites fleurs, patiemment dessinées, des roses malhabiles. Dans le cœur de chacune, minuscule, une tête.

–Tu as une explication ? demande Rose.

–Pas du tout, répond Jomusch. C'est tout de même cocasse que le coffret ait été enterré sous ce rosier et qu'il y ait à l'intérieur un dessin de fleurs qui ressemblent à des roses et que ce dessin porte justement comme titre le nom du rosier. Ah, Volpi, si vous étiez là…

Pour le jeune commissaire, monsieur Volpi fait toujours partie de la

maison, il flotte quelque part à l'intérieur des murs, il vit tout près de lui comme une ombre heureuse. Mais de réponse, il n'y en aura pas, Jomusch le sait bien.

Chapitre 8

–Et si on demandait à Fred ce qu'il en pense ? dit Rose en installant Mathias sur le grand fauteuil bleu.

Jomusch téléphone au vieil ami de Volpi, qui arrive aussi vite que ses jambes usées le lui permettent.

–Ce sont les dessins de Barbarie, murmure Fred, visiblement ému. Les dessins, ajoute-t-il après avoir pris une grande inspiration, qu'elle passait des heures à faire après son accident. Elle ne pouvait plus parler, notre Barbarie, mais elle avait des choses à dire. Ce qu'elle était incapable de mettre en

mots, elle nous le dessinait, elle s'inventait des mondes. Elle venait nous voir presque chaque jour, quand nous rentrions de l'école. Et elle offrait à Volpi, avec son sourire triste, les dessins qu'elle avait faits pendant la journée.

Rose et Jomusch écoutent raconter Fred, attendris tous les deux. La vieille Barbarie avait un jour été une petite fille qui dessinait parce qu'elle ne pouvait plus parler.

– Fred, pourquoi est-ce que Volpi aurait enterré les dessins de Barbarie dans son jardin sous le vieux rosier jaune ?

Fred encaisse le coup sans dire un mot.

– Ça va, Fred ? demande le commissaire.

Fred fait signe que oui. Rose remarque que ses yeux sont maintenant

embués de larmes. Il sourit tout de même.

Jomusch sent bien qu'il vient de se passer quelque chose dans le cœur de Fred.

– Attendez-moi, dit le commissaire, je descends à la cave chercher une bouteille du vin de framboise de madame Volpi. Vous avez besoin d'un petit remontant !

– Ça va, Fred ? demande Rose à son tour.

– Oh, oui, ça va.

– Il y a une histoire cachée là-dessous ?

– Bien sûr que oui, murmure Fred.

Chaque fois que Jomusch remonte de la cave, il a une pensée toute particulière pour monsieur Volpi. Sans lui, il n'aurait pas connu Rose, il n'aurait pas connu ce Fred si touchant et si vrai, il

n'habiterait pas cette grande maison perchée au-dessus de la mer, et il n'y aurait pas le petit Mathias Jomusch-Barti ou Barti-Jomusch.

La mèche lui barre l'œil, mais il ne la repousse même pas, tout occupé qu'il est à déboucher la bouteille de vin de framboise, à en servir un verre à Fred, un à Rose et un autre pour lui.

–Je vais vous raconter, dit Fred.

Chapitre 9

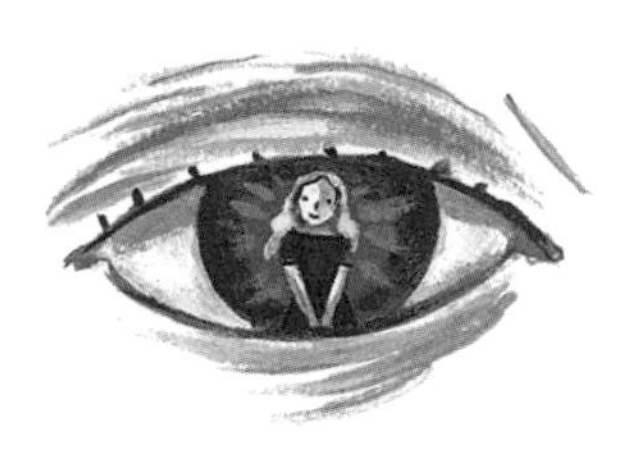

Mathias dort comme un ours. Joseph le chien s'est étendu devant le grand fauteuil bleu. Jomusch et Rose se sont installés par terre, juste à côté du chien. Assis dans la berceuse de Volpi, Fred sirote son vin de framboise sans dire un mot. Le plancher craque, Fred se berce en silence. Et l'histoire commence, sur un long soupir.

–Je ne sais pas trop comment vous dire. Les histoires de jeunesse, même si on est vieux, elles nous reviennent aussi fortes, aussi belles, aussi terribles, rien ne change vraiment.

Rose et Jomusch se serrent l'un contre l'autre, comme deux grands enfants prêts pour le conte. La voix de Fred est douce, un peu fêlée par l'émotion.

– Vous connaissez l'histoire de Barbarie. Quand on l'avait sauvée de sa dérive sur les glaces, elle ne parlait plus, elle s'égarait à l'intérieur de

sa propre tête. Un jour, elle est venue chez Volpi, une liasse de papiers à la main, et elle riait, Barbarie. C'étaient les premiers dessins. Il nous a fallu du temps pour comprendre ce qu'elle avait à dire. Volpi et moi, nous tentions de saisir ce que les dessins racontaient. Vous avez vu celui qui s'appelle *Le dedans des autres* ?

Rose fait oui de la tête. Ce dessin-là, c'est une sorte de cœur, une masse rouge pas violente du tout, des douceurs rouges, qui s'étendent sur le papier à petits coups de crayon. C'est le seul dessin coloré. Tous les autres sont en noir et blanc, en teintes de gris.

– Elle venait me montrer ses dessins avant d'aller les porter à Volpi. Chaque fois, en silence, sérieuse comme on n'imagine pas, elle portait la main à son cœur et tapotait doucement sa poitrine. C'était clair, elle voulait faire à Volpi une sorte de déclaration d'amour sans mots, elle m'en informait, le regard soucieux. Mais Volpi, vous imaginez un peu comment il pouvait se sentir ? Nous avions quinze ans, Barbarie en avait douze, elle n'avait plus toute sa tête, ne pouvait plus parler, mais elle était

dangereusement amoureuse de Volpi.

Rose et Jomusch écoutent sans dire un mot, ni l'un ni l'autre n'oserait interrompre le récit de Fred. Rose verse encore un peu de vin de framboise.

– Nous, à l'époque, poursuit Fred, nous n'étions pas du genre à nous raconter nos histoires d'amour. En tout cas, pas moi.

« Et vous Fred, vos amours ? » voudrait demander Rose. Mais ce n'est pas du tout le moment. Ce ne sera jamais vraiment le moment. Elle n'oserait pas.

– Mais un jour, poursuit Fred, Volpi en a eu trop à supporter. Il sentait tout cet amour de Barbarie. C'était d'une innocence ! Vous comprenez bien qu'il ne pouvait faire croire à Barbarie qu'il l'aimait aussi. Volpi ne mentait jamais.

« Ça, j'en suis certain », se dit Jomusch.

–Nous nagions tous les deux dans la mer, revenant à toute allure vers la plage; au retour, nous faisions toujours la course. Tout à coup, il me lance par-dessus le bruit des vagues: « Fred, il faut que je te parle de Barbarie. » Sur la grève, essoufflé, il me déclare, comme ça: « Elle m'aime trop. » Il avait la larme facile, votre grand-oncle, Rose. Il était là, en maillot de bain sur le sable, bouleversé, me racontant tout ce que disaient les dessins de Barbarie, m'avouant qu'un jour il voulait s'en débarrasser et les jeter au feu, mais que le lendemain il changeait d'idée et qu'il n'osait plus le faire. Comment trouver la manière d'expliquer à Barbarie qu'il ne pourrait pas s'occuper d'elle pour toujours?

Rose imagine les deux garçons, son grand-oncle Joseph tout jeune, Fred tout autant.

– C'est terrible, souffle Jomusch.

– Terrible, oui, ce l'était. Volpi ne savait pas comment faire comprendre les choses à Barbarie. Un jour qu'elle arrivait avec de nouveaux dessins, il lui a dit tout simplement : « Les dessins, Barbarie, je les garderai toujours, mais n'en apporte plus. »

– Alors ? demande Jomusch, impatient d'entendre la suite.

– Barbarie est partie, sans pleurer ni sourire. Ce que m'a raconté Volpi, et il en parlait encore pas très longtemps avant sa disparition, c'est qu'elle est revenue avec un coffret de métal noir brillant. Elle l'avait peint elle-même. Elle a fait signe à Volpi de lui donner tous ses dessins et elle les a déposés dans le coffre. Avant, elle lui a demandé par signes d'écrire au verso ce que chacun signifiait. Volpi disait que

c'était un énorme travail de comprendre exactement ce qu'elle voulait dire. Une fois tous les dessins identifiés, ils ont refermé le coffre et c'est Barbarie qui a tenu à ce qu'ils l'enterrent, tous les deux, sous le rosier jaune qui avait un nom…

–« Velours de l'île Bourbon », murmure Jomusch.

Fred sursaute.

– Comment le savez-vous ?

Chapitre 10

–À cause de la vanille, dit Rose.

Fred ouvre grands les yeux. Décidément, cette petite le surprendra toujours.

C'est Jomusch qui, lentement, raconte à son tour le coup de téléphone passé à la mère de Rose.

–La piste était si mince, explique-t-il, que nous avons décidé de vous demander votre avis. Et voilà, nous savons tout.

Le soleil tombe doucement, les lumières glissent sur le plancher de bois blond. Mathias dort encore.

–Il dort si bien, le petit, dit Fred, toujours ému devant l'enfant.

–Il dort bien. Mais il aura bientôt faim, et vous aussi, Fred ! fait remarquer Rose.

–Qu'est-ce qu'on mange ? demande Jomusch. Des pâtes à la tomate, sans plus de complications ?

–Tu fais tes spaghettis d'été ? s'informe Rose.

–Bien sûr que oui. Ail, tomate et basilic, ça vous va, Fred ?

–Vous voulez des œufs en entrée ? demande Fred en riant.

–Avec vous, on mangerait des œufs à chaque repas.

–Elle était tellement jolie, Barbarie, murmure Fred. Je vous montrerai des photos. Dites-vous que, pour Volpi, c'était dur de résister à une aussi jolie jeune fille, joyeuse en plus

malgré ses malheurs. Mais à quinze ans, on ne décide pas ainsi de sa vie.

Mathias ouvre un œil, tire l'oreille de Joseph qui, aussitôt, se dresse sur ses pattes.

Fred aspire à petites gorgées le fond de son verre de vin de framboise.

–Auriez-vous assez de pâtes pour Barbarie ? J'irais bien la chercher pour qu'elle mange avec nous, à moins que...

–On cache les dessins ? demande Rose.

–Je ne sais pas. On ne peut pas savoir avec Barbarie. Et si, tout à coup, ça lui faisait plaisir ?

–Dites-moi une chose, Fred, demande Rose. Elle a été jalouse de ma tante Violette ?

–Ça s'est passé beaucoup plus tard, l'arrivée de votre tante Violette dans

la vie de Volpi. Barbarie assistait au mariage. À vingt ans, elle avait compris, j'en suis sûr, qu'elle ne mènerait jamais la vie qu'elle avait espérée. Je vous l'ai déjà dit, elle comprend bien plus qu'on ne le croit.

Chapitre 11

Il faut une bonne heure à Fred pour revenir avec Barbarie. Souvent, il l'emmène en promenade ou l'invite à prendre le thé chez lui. Rarement, il l'a invitée à manger. Ce soir, Barbarie est ravie de venir chez « les petits », comme dit Fred. Elle a pris un vieux parapluie à cause du ciel qui se couvre, elle porte au cou une écharpe bleue offerte récemment par Fred.

Rose, Jomusch et Fred ont décidé qu'ils laisseraient les dessins sur la table de l'entrée, mine de rien ; si Barbarie les remarquait, on verrait

bien, sinon ce serait tant pis. Aurait-elle un choc, avait-elle oublié ses dessins ? Tous les trois ont confiance, Fred surtout. Il la connaît bien, Barbarie.

La vieille dame est tout heureuse de faire le tour de la maison de Volpi où elle n'a pas mis les pieds depuis tellement d'années. Trop émue, elle ne remarque pas les dessins. Elle touche doucement les murs, laisse sa main se poser sur le dossier d'un fauteuil, s'attarde dans la grande pièce qui donne sur la mer. C'est en revenant à la cuisine qu'elle aperçoit les papiers. Jomusch a tout vu, Fred aussi.

Aussitôt, Barbarie tire Fred par la manche et se tape du doigt la poitrine. « Ça y est, se dit Jomusch, elle les a reconnus. » Elle s'empare de la pile de dessins, cherche un endroit

pour s'asseoir. Fred l'installe dans la cuisine, où Rose égoutte les pâtes.

Ah ! si seulement elle pouvait parler, Barbarie ! Elle sourit doucement puis, à coups de gestes un peu difficiles à interpréter, elle tente d'expliquer qu'ils étaient dans un coffre. Impatiente, elle saisit la main de Fred et celle de Jomusch, fait signe à Rose de les suivre. Rose prend Mathias dans ses bras.

À petits pas, Barbarie marche droit vers le vieux rosier jaune devant lequel elle s'arrête, fière comme une petite fille qui aurait découvert un trésor. Elle sourit encore, émue, mais sans tristesse. Elle sait que Volpi n'est plus, Fred lui a clairement expliqué sa disparition. D'un regard touchant, elle demande à Jomusch de lui cueillir deux roses. Elle les prend délicatement, s'avance vers

la mer et, d'un geste vif qui les étonne tous, lance une des deux roses aussi loin qu'elle le peut. L'autre, elle la glisse dans la boutonnière de sa robe, penche la tête pour humer un peu de son parfum.

Personne n'ose parler, et c'est en silence qu'ils reviennent vers la maison. Puis, comme une petite fille comblée,

la vieille dame leur indique qu'elle a très faim.

– Et les dessins ? demande Fred à Barbarie lorsqu'ils sont à table. Tu veux les emporter chez toi ?

Barbarie fait non de la tête et se lance dans une explication en gestes décousus que personne n'arrive à décoder.

Mathias joue avec ses spaghettis pendant que les grandes personnes posent toutes sortes de questions :

– Tu veux les laisser ici ? demande Fred.

– Vous voulez qu'on les encadre ? hasarde Jomusch.

– Je crois que j'ai compris, dit Rose. Vous aimeriez en faire un livre ?

Barbarie applaudit. « Oui, c'est ça », dit son regard. « Le livre de Volpi », disent ses mains qui dessinent un portrait dans l'air.

Elle ajoute quelque chose, en montrant du doigt Mathias et son sourire à la tomate. Tout le monde comprend ce qu'elle a voulu dire : « Ce sera le livre de Volpi pour le petit. »

Rose vient embrasser Barbarie.

– Oui, madame Barbarie, ce sera le livre du petit. Et lorsque le petit sera

grand, il l'offrira au petit qu'il fera.

–Vous imaginez Mathias avec un bébé dans les bras ? dit Jomusch en éclatant de rire et en passant la main dans les cheveux de son fils.

–Ça viendra, ça viendra, dit Fred.

« Mais nous ne serons plus là », disent les gestes de Barbarie.

Fred attrape au vol les deux mains de sa vieille amie et les garde un moment serrées entre les siennes.

–Mais toi, tu seras toujours là, dans les dessins.

Lorsque Fred et Barbarie repartent, Mathias dort depuis longtemps. Barbarie a demandé si elle pouvait déposer un baiser sur son front.

Rose et Jomusch les regardent remonter vers la forêt.

–Si Barbarie n'avait pas eu d'accident, commence Rose, si Volpi avait

été assez amoureux d'elle pour l'épouser…

– … il n'aurait pas rencontré madame Volpi, et moi je ne t'aurais jamais connue. On ne va pas réinventer la vie, mademoiselle Barti, elle est tout à fait bien comme ça, murmure Jomusch en faisant tourner Rose entre ses bras. Juste à ce moment, la lune sort de derrière les nuages.

Les spaghettis d'été

450 g de spaghettis
8 grosses tomates bien mûres
3 gousses d'ail
1 bonne poignée de basilic frais
6 c. à soupe d'huile d'olive
sel et poivre
parmesan râpé

Faire cuire les spaghettis dans 5 litres d'eau bouillante.

Pendant ce temps, couper les tomates en dés, émincer l'ail finement et hacher grossièrement les feuilles de basilic. Mélanger les tomates, l'ail et le basilic, saler et poivrer puis ajouter l'huile d'olive.

Lorsque les pâtes sont prêtes, bien les égoutter et servir.

Chacun prendra à sa guise des tomates à l'ail et au basilic, ainsi que du parmesan.

Note : les spaghettis d'été se mangent aussi l'hiver…

Les œufs de Fred

(qu'il n'a pas préparés cette fois-ci, mais qu'il sert souvent lorsque Rose et Jomusch mangent chez lui)

1 œuf par personne
4 c. à soupe de crème
1 poignée de cheddar râpé par personne
(Fred calcule les proportions en poignées et il a une grande main…)
1 petite poignée de persil par personne
1 c. à soupe de beurre
sel et poivre
mayonnaise

Battre les œufs avec la crème, le fromage et le persil; saler et poivrer.

Faire fondre le beurre dans une grande poêle. Quand le beurre bouillonne, y jeter les œufs. Laisser cuire sans remuer.

Lorsque les œufs sont cuits (pas trop, ils doivent être un peu mollets sur le dessus), les faire glisser sur le plan de travail. Laisser refroidir un moment, puis rouler délicatement pour faire un boudin.

Couper en tranches d'un centimètre et disposer sur une assiette. Servir avec la mayonnaise, à laquelle on aura ajouté un peu de jus de citron, jaune ou vert.

Dans la même collection

1 **Christophe au grand cœur**
Nathalie Loignon

2 **Jomusch et le troll des cuisines**
Christiane Duchesne

3 **La mémoire de mademoiselle Morgane**
Martine Latulippe

4 **Un été aux couleurs d'Afrique**
Dominique Payette

5 **Du bout des doigts le bout du monde**
Nathalie Loignon

6 **Jomusch et la demoiselle d'en haut**
Christiane Duchesne

7 **Marion et le Nouveau Monde**
Michèle Marineau

8 **La belle histoire de Zigzag**
Yvon Brochu

9 **Jomusch et les poules de Fred**
Christiane Duchesne

10 **Un amour de prof**
Yvon Brochu

11 **Jomusch et les grands rendez-vous**
Christiane Duchesne

12 **Le fantôme du bateau atelier**
Yvon Brochu

Achevé d'imprimer en août 2005
sur les presses de Imprimerie L'Empreinte inc.
à Ville Saint-Laurent (Québec)